白木山の月と花と

やまでゐみ作品集

新葉館出版

白木山の月と花と ■ 目次

花束と月

Hanataba to tsuki

竹原川柳研究社

七、八百メートル級の山々に囲まれた広島市の三田という郷で、一番高い白木山（八九〇ｍ）の麓に住む私が、瀬戸内の海辺の街、竹原川柳研究社に入会したのは、今はもういない（H十六没、交通事故）親友のすすめで、一九九〇年のこと。

この会は、川柳研究社の渡邊蓮夫先生が命名されたもので、よく寄って指南してくださっていた。会員の一番の楽しみは、吟行で持ち寄りの海山の幸に郷土食。蓮夫先生が舌鼓のいい顔をされるので、集ったみんなもうれしくなって地酒をくみかわし、川柳仲間なりゃこそ…。などと言っていつも倖せ気分を満喫したものだ。古くからの歌詠み人が多く、私よりも皆年上でかなりのお歳のはずなのに、この方々ははつらつと若々しかった。

かつての、竹原川研の前身、『竹原高麗鐘』全盛の頃は四十数人もの会員で、例会は海のよく見える高台のその名も高いお寺を会場とされていたとか。

その頃、入会して日々の暮らしを五七五に詠み、投句をし、月例会や句会に出席して交流を重ねる中で生きる力を強め、子育ても終え、今も川柳人としてお達者でいられるのが大先輩の琴香女史。ことし八十九歳になられた。竹原川研仲間の中で、竹原市のメンバーで唯一人の健在で、市内に住んでおいでだ。「ゑみさん、テレビ観たヨ。入選すごいネ」などと電話をくださる。

栄枯盛衰、年を重ね、後からの入会で今後を期待していた方たちは、なぜか次つぎとこの世を去られてしまう。それでも好きではまった道、数人になっても細々続けていたのだが、寄る年波にあらがいきれず、とうとう二〇〇七年（H十九）十一月の文化祭を最後として竹原川柳研究社の幕を降ろしたのだ。

本書は、その在籍中の作品に加えて、朝日・毎日・日本農業・全国商工等の新聞に投稿掲載されたもの、NHKひろしまテレビの川柳コーナーで入選、放映されたりした作品から選び出したもので構成した。

花束を受けてしまったケモノ道

決心が崩れぬようにする握手

蓮開花幼なじみと聞いた音

指切りをした樹の下の花むしろ

春の雨花の匂いを連れてくる

帰りぎわやっともらしている本音

まず一声かけてチャイムを鳴らす癖

どっこいしょ立つも座るも声を出し

お見舞いの皆嘘つきで肩がこり

耐えぬいた記憶に菜めし大根飯

耐えきってやっと嫁の座もう六十路

ネジ巻けば明治の音で鳴る長寿

絵手紙のほたる袋に里を恋い

終わりまで言えずに切れた赤電話

獏ばかり養い続け果てぬ夢

歳なみの機能低下だ気にすまい

麦笛に遠い想い出野を駆ける

思いっきりストレス捨てる花ばさみ

寝入りばな耳の底から救急車
知らなんだ老いとは自由きかぬもの
なるようになるさ流れに沿うて生き

埋み火に燃えろもえろと春の風
長雨に忘れられてた古い傷
しあわせは笑いのわかる人と居て

薬草に凝って仙人めいてくる

花粉症お若いですねと笑われる

ひとごとのような定期の検診日

頑張らぬことにしましょう身がもたぬ

征く父を追っかけ泣いた旗の波

神風を信じ日の丸振った日々

聞き流す事にも慣れて凪の日々
お見舞いの優しい嘘に泣かされる
いい夢見そのままそっとさせといて

食事制限恨めしく見るショーケース

健康が宝とわかる病みほうけ

遠く住む息子へ続く青い空

咲く花をたどっていつか廻り道
年ごとに身のこなしまで母に似る
いま少し時間の欲しいこの出会い

打ちあけてやっと肩の荷軽くなる
娘は嫁ぎヒナのんびりと飾りおく
人形になれぬおんなのスケジュール

氷結の窓大陸をしのぶ冷え

逆風に耐えて世間が広くなる

寒さには耐えられそうな皮下脂肪

初志貫徹生涯続いてほしい愛

決心を押しつぶされた多数決

孫がくる炭火火鉢で焼くお餅

ああ怖や軍歌すらすら口に出る

吹き抜ける風故郷の心地よさ

帰省する知らせに弾む調理台

ふるさとに苗代風邪という季節

花冷えの雨にこたつを頼りきり

山菜の具のいろいろと田舎寿し

十薬に夏の匂いの溢れだす

シャッターへ夫の照れる古希祝い

どぶろくで吹雪の夜をもてなされ

芹なずな七草孫とそらんじる

腹七分確かな時計持っている

口だけは残し老化がやって来る

もぎたてを籠にお見舞い届けられ

夏草が攻めこんでくる老いの庭

終わりまで聞かない耳の早とちり

ほほえんで逝きたい終のひとり旅
家族みな集まりたくて出すこたつ
鞭打って今年も野良に立つ老躯

柚子味噌が匂って雪の台所
昇りつめおどろきの眼に見つめられ
老朽車ですゆっくりと生きてます

病室へ今日も絵手紙届けられ
朝もぎを慣れた手ぎわの胡瓜もみ
米研いでいるうっぷんの晴れるまで

忙中閑生きがい分かつ趣味仲間

去年よりもっと暑いと歳が言う

お見舞いの絵手紙飾るひとり部屋

ネジ少し緩めて残る日を生きる

仔犬きて老いを病む身をいやされる

月おぼろ別れがたくて廻り道

リュックサック

今、あふれかえるモノの中で、新鮮さを見せておしゃれな背負いバッグが人気を集めている。

両手が空いているので、自由に動けるし、ショルダーバッグのように、肩関節周囲がどうのこうのということもないだろう。

愛用している友から、「使ってみたら？ 重宝よ」とすすめられたのだが、カッコいいと思うのに、どうしてもその気になれない。からだが拒否する。作業用の背負い籠や、背負い子は何のためらいもなく腕を通して使っているというのにだ。

敗戦後の一九四六年（昭二十一）春。

満洲から内地への引揚げが決まった。移動のための荷物は、旅鞄やトランクはいけないということで、母は布製の背負い袋づくりにとりかかった。

みかわ木綿という、手持ちの中で一番丈夫だという地厚な布を裁断し、一針ずつ返し針で縫合。頑丈なリュックサックを仕上げる。

着替えと、必需品を入れると相当重く、母は少し減らさねばととり出そうとしたが、何ひとつ持っていかなくていいものはない。

大丈夫、だいじょうぶ！と私。口を締めたリュックの上に、ロール状にした毛布を載せて紐でくくってもらった。

一昨年の秋に生まれた弟を背に、胸には二月に生まれた赤ン坊を抱きかかえた母。右手には、あまりに重くて倒れてしまうかも…と私の荷からとり出した貴重品を入れた手提げ袋。私は、毛布を載せて嵩張った母の手作りのリュックを背負い、小さな背に赤いリュックをしょった五歳の妹と手をつなぎ、二人の弟をからだの前後にくくりつけたような母を気づかい、声をかけながら懸命に歩いた。引揚列車が出るという北奉天《きたほうてん》の駅まで、住みなれ育った文官屯《ぶんかんとん》から南下。荷物を持った遺族と母子家庭の婦女子の大集団。巨大な、ガスタンクの横を通り、曽家屯《そかとん》の切羽を抜け、柳条溝《りゅうじょうこう》を越え、北大営《きただいえい》を左に見て過ぎる。

励ましあいながらひたすら歩いた引揚げ第一日目。この日から目的地広島へ着くまで大きなリュックサックは私のそばにあって、背負っていない時は、妹と寄りかかって眠るのに使った。

六十年近くも前のことなのに、鮮烈にあの泣くこともできなかった苛酷さがよみがえってくる。

二〇〇六年夏

整備後の
畦草刈りに
息が切れ

実りの大地

Minori no daichi

赤いリュックとほとけさま

敗戦の翌年一九四六年（昭二十一）、妹は五歳。くりくりと大きな目のオカッパ頭、利発で、うたうことの好きな、周りのみんなを笑顔にしてしまう愛くるしい児だった。

引揚げの時、幼いのにウチも…といって、私の遠足用だったリュックサックを背負った。赤い色で、ポケットには飾りがついていて、吊りさげた鈴と光るアルミのカップが気にいったようで、トコトコ走り揺らしては鳴る音をよろこんでいた。

中へは、お守りにと信心深い母が大事にしていた金箔の阿弥陀如来のお絵像さまをていねいにきっちりと巻いて油紙で包み、リンと打ちならしを添えて牛乳わかしに収め、袋にいれたものを詰めてある。

満洲国の奉天市外文官屯《ぶんかんとん》と呼ばれていた居住地を発って、満鉄で南下。コロ島から船で玄界灘を

渡り、九州は博多に上陸。そこから内地の列車に乗って、父母の故郷広島にたどり着くまで投げ捨てもせず、赤いリュックサックはいつも妹と一緒だった。

あみださまのお陰です。多くの人達が祖国に帰りつけずに亡くなり、生き別れや、気が触れてしまった人も多くいた中で、母子五人やせ細って骨皮になりながらも命をつないでたどり着けたのは、み仏さまがお守りくださったからだ、と母はよく言っていた。

ご恩報謝の暮らし、命を大切にひとさまも物もすべて粗末にしないように感謝の気持を常に、と八十三歳で終わるまで、それはそれはあっぱれな生きざま。

妹は、東広島市で世帯を持ち、子どもを育て、だんなさまを大切に、共に家業にいそしんでいる。それだけでなく、浄土真宗安芸門徒としての行事や、お寺参りに積極的に参加して、み仏さまとの一緒の暮らしに感謝の日々。

幼い日、あの赤いリュックを背負ってからの、み仏さまと一緒という縁が強い信心となって、心豊かなくらしへとつながっているのかとうれしくなる。

二〇〇六年秋

逝きし友植えた苺の実の熟れて
南瓜は隣の畑にのびたがり
鶏小舎に雀住みつく長い雨

焼き印を背中に押され放牧牛

田に畑に草に追われる鎌の汗

鍬持てば鎌も出たがるいい日和

野放しの鶏ねたましい九官鳥

作業着にノミノフスマのこれでもか

今稲の花台風よ逸れてくれ

都市ゴミの捨て場になるという棚田

温そうに湯気たちのぼる堆肥小屋

大雪は豊年と言う負け惜しみ

年中無休今朝も目覚まし鶏の声

水張りの田の面ひときわ夕映える

猪のヌタ場にされて荒れる里

緑濃く稲よ育てよ夏舞台

春耕はまず投げいれられた瓶に缶

鹿荒らす畑はハーブばかり植え

機械化ヘソロバン抜きの米作り
待ちわびた春に今度は急かされる
子が継ぐと言う約束の棚田打つ

大根引き猿が味見のかじりあと

農政をボヤくいつもの缶ビール

父祖からの知恵生かされて段畑

日暮れてもまだ草取りの仕事虫

身勝手な鋏未来を摘んでいる

刈り終えて明日の祭りへ幟旗

根性を試すつもりかこの嵐
花咲く日信じあずけている大地
無農薬田んぼはサギのいい餌場

れんげ田に稲植えられぬ減反田
土もたげ競って芽吹く春の畑
また学習した　獣のしたたかさ

猪荒れた稲田刈られぬままの稲

田畑から花壇の百合根猪の鼻

野放しを突きあげられる焼却場

県北の恋人
節分草

放牧の馬で手綱が効きにくい
野放しの鶏は庭木の枝で寝る
生きる気をもらう早苗の育ちぶり

摘まれてもわき芽つぎつぎブロッコリー

雪空へ続きは明日と老いの鍬

古代米刈って今年の刈り終い

鋤きまぜて堆肥息づく春の土

連休へ浮かれておれぬ田ごしらえ

のど鳴らす浮かれ蛙の水張り田

野菜高市民農園活気づく

山桜めでて田おこす鍬の幸

受け継いだ鍬焼き印の柄のぬくみ

猪の
ヌタ場にされて
荒れる里

あの小道

Ano komichi

わたしの8・15

一九四五年の八月、いつもなら夏休みでたっぷりと遊べるというのに、五年生以上に夏休みはなくて動員されていた。

真夏なのに、長袖、長ズボン、綿入れの防空頭巾、はきものはズックというでたちで軍需工場へ通う毎日。作業台の前で立ちっぱなしの作業を強いられていた。

十五日は来なくていい、ラジオの重大放送を聞くようにと言われた。不審な思いで正午前、母は九月で満一歳になる弟を膝に乗せ、その横に妹四歳、私十一歳、ラジオの前へ正座し、少しかたくなって玉音放送というのを待った。あらひとがみという天皇の声は、慰問にくる芝居の役者のつくり声のように変で何を言っているのか難しい言葉でわからず、おまけに雑音が多くて聞きとれなかった。

放送が終わった後で、負けた、戦争は敗けたんだと知らされる。「ウッソー!」と叫んでいた。すっかり洗脳されていて、神風が吹いて日本は勝つ!と信じていた軍国少女の私は、口惜しくてくやしくて大声をあげて泣いた。でも、軍隊は解除されて、兵隊は戻されると聞いたとたん泣き止んだ。大好きな父が帰ってくる、帰って来てくれる。涙でグチョグチョの顔で笑った。

それから、流線型のアジア号の走る線路の見える丘に走り出た。夜になって母が探し出してくれるまで、ずっと線路を見ていた。

大混乱の敗戦の日のことは強烈に焼きついていて、忘れることができないでいる。

踏まれても大地つかんだ畦の草

冬は冬の彩が野山にある故郷

降り出して歓喜の歌の雨蛙

雨がまた緑の山を膨らませ

山畑に銃声ひびく解禁日

丸顔を寄せて紫陽花雨の中

名曲が生まれた城址に映える月

つらぬいた道それぞれの自負がある

故郷にまだ楽しめる落葉焚き

天に向け芽ぶくケヤキのにぎやかさ

羽根に風入れて巣立ちの近いヒナ

蝶連れて風のおしゃべり花の庭

美しい錯覚だった春がすみ
さかのぼる大河の奥の苔の水
雪の中ひそかに燃えて薮椿

村を市にふるさとの名が捨てられる

ふるさとの五感目覚める祭り寿司

マンサクに押され谷への雪解水

猪鹿猿絵になる里は熊も出る

荒れた森シメジコウタケ語り草

秋の陽に遊んでもらう吊し柿

マンサクが咲いて里山動き出す

土手の風まだ冷たいにつくしんぼ

野の花に蝶も呼んでるわらべ唄

ふる里に春が来ましたよもぎ餅

青竹にぐらりと重い春の雪

木の芽立ちうきうきさせて風の彩

萌え出た芽の笑い声する雨の朝

山霧の晴れて桃源郷の顔

ふるさとの原風景の若みどり

空梅雨に遠出もできずカタツムリ

森の道ヒョイと子鹿のつぶらな目

桃咲いて霞たなびく過疎の村

学名で呼ばれてみたい草の夢

土深く根張って命つなぐすべ

教科書の名曲消える城の風

堆積の土砂にすっくと彼岸花
山菜をからり揚げてるおもてなし
青空へ揚がるヒバリの希少価値

身仕度もカラフル森の若みどり

入梅へ歯切れの悪い気象庁

雑茸も見えず乾きの荒れた山

轟音も絶えて雄滝の凍りつき
残雪にはずむさえずり招く春
ふるさとにネジバナの咲くあの小道

二月十九日

寒さが厳しい、寒の底といわれる頃になると、極寒の中で弟の生まれた大陸のことを想い出してしまう。

戦争は終わったというのに、現地召集で征ったままの父は戻らず、消息のつかめない不安といらだちの中、私たち親子四人は避難生活を転々として、その頃は城壁の中、日本人居住区の富士見町にいた。それまでよりも、少しはましな寝起きはできたが、停電、断水、ガスが来なくなることはしょっちゅうで、それにロスケの踏みこみが加わって心休まることはなかった。

停電には、ローソクを灯し、断水は、非常用貯水槽からバケツで運び、炊事の方は、七輪に炭火とコークス。スチームが通らない時は、寝ている間に、まつげが凍りついていて、朝が来て目を覚ましても、まぶたが痛くて開けられなかった。

ロスケは狂暴で、軍靴のまま上がりこみ銃を向けながら、金品を物色し、水洗便所の鎖を引っぱって発砲するという野蛮さ。一目で妊婦とわかるやせた女と幼児、男の子よろしく、丸坊主の頭皮と顔には、ススを塗っていた私をカッとにらんで舌うちし、何かを駆っとばして出て行く、そんな日々だった。

母は弱っていた。産気づくと、隣町のお産婆さんを呼びに、凍った雪道をすべらないようガチガチ歯が鳴る寒さと怖さの夜道を走った。

翌日になっても生まれず、母さんは産む力が弱いからだと聞かされ、そのまま死んじゃうのでは、とこわくて弟妹を抱いて守りをしながら、カァちゃん死なないで！　カァちゃんカァちゃんと心で叫び続けていた。

その次の日、隣の部屋から「うまれたヨ、おかあさんもだいじょうぶヨ」とお産婆さんの声。「ワァーッ！」と子ども三人が歓声。

目も鼻も、口、耳それに髪、手足も指もちゃんと揃っていて…と、母は涙の顔で言った。うれしかった。一緒に泣き笑いした。その日が、寒いさむい一九四六年二月十九日。次男となるこの子に母は「泰弘《やすひろ》」と名付けた。

好きでそらんじている〝泰山はゆるがず…〟の大陸の名峰、泰山にあやかりたい一字なのだと言い、誇らしそうに半紙に大きく書いて嬰児の枕元に飾った。

若手とか
初老が仕切る
盆踊り

花　鋏

Hanabasami

クチナシの生垣父を待つ少女
夢に出る母の姿は若いまま
振幅が小さくなって丸く老い

世間体ばかり気にしてまだ明治

サジ加減どこかが違う母の味

晩成の芽ぶく日を待つ母がいる

たてがみを胸に激戦地からの父

病む背なへゆっくり団扇おくる風

座布団に正座で白寿かしこまり

紅葉を待つ縁側の日向ぼこ

素材みな残さず調理母の知恵

課外授業じいじに習う竹とんぼ

しあわせを少ない油で灯す母

凍土に埋もれ戦闘帽の父を恋う

思いつくままに母恋う回想記

母が死に父も逝ったに茄子の花

父祖からの大事な城を子は継がず

母の夢そのまま眠る桐たんす

父母とれんげ田にいる夢の中
帰る日を夢に異国の収容所
天寿まっとう柩の中の穏やかさ

包装紙のしてたたんでしまう母

薬のむ為だといって箸をとり

祝白寿みんな幸せいい笑顔

膏薬を炙って貼った祖父の頃

咲き初めをまず亡きひとへ花鋏

半世紀米作りして父米寿

餅つきの息ぴったりの父母でした

いい月夜父母いた頃のファンタジー

話したい母もういない盆の月

引揚船

玄

界灘を大揺れにゆれて、コロ島を出た船は九州の佐世保港に入った。錨をおろしているというのに、船はゆれ、船内のほとんどの人は船酔いで難儀していた。私も正体なくのびてしまっていた。

赤ン坊の弟に必要な湯をもらいに行くのは私の役目、と乗船したては通っていたのに、どうにも動けないでいた。

泣くこともできない赤ン坊のそばで、上の弟を抱いた母が途方にくれている。

「ウチがいく!」と妹。

多くの人達が寝そべったり、しゃがみこんだりしている船内を、トコトコ移動する女の児の動きは目をひいた。注目されている中を出入口へと進む。

鉄の階段を這いのぼり、甲板に出て反対側の船員専用の階段を降りて炊事場へ。そこで水筒に熱湯を入れてもらい、こんどは来たコースをたどって戻ってこなければならない。

階段をおりてくる姿を見つけた時の、なんとうれしかったことか。涙が出た。

「ジョーチャン、エライ!」とまわりの人達に声かけられながら、首から提げた水筒をしっかり抱きかかえて、母の前にたどり着く。水筒を差し出して「カァチャン」と泣きながらしがみついていた。しっかり抱きしめてもらい、頭もなでられて妹は、私のそばに来て腹の上に腰かけた。油紙に包んでいた粉を、今届いたばかりの湯で溶かして、ガーゼでこし、赤ン坊を抱きおこして飲ませはじめた。みんなで見つめていた。少しずつすこしずつ飲ませる母と子を、まわりの人達も寄って来て見ていた。口もとが、顔が動いた、声が出た、しっかりと飲みだした。

やったァ、助かった！見つめていた人達がいい顔になって、それぞれの席へと戻っていく。それからは、度々私の役目を代行して母と私たちを喜ばせてくれた。その小さな身体の妹のなんと頼もしく思えたことか。

甲板に出てから、むこう側の階段を降りる時、腹ばいになって水筒を背中にまわしてから、「キーンシ　カガヤク　ニッポンノー」と大声でうたいながら両手を突いて一段ずつ降りていったそうだ。たまたま干し物をしていた人が、幼い女の子の行動をいぶかしく思い見つめていたら、行ったこともない私らの知らない方向の階段を降りていった。あれは、おたくの嬢ちゃんでしたか…。かなり後で母が聞かされ、感心されていたと話してくれた。

うたっていたのは、彼女が生まれた昭和十五年、紀元二千六百年を記念してつくられた曲。当時、子どものうたえる歌など知らされないでいたから私は、戦意高揚の軍歌ばかりを得意になって習い覚え、いつもうたっていた。聞きおぼえた妹は、いっしょにうたえるほど成長していたのではあるが。

母や、姉の代わりなんだと張り切っていたとしても、どんなに心細く、怖かったことか。気合を入れ、大声をあげなければ、降り始められなかったのではなかろうか。

健気に精いっぱい働いてくれた五歳の妹。六十五年も前のことなのに、今想い出しても胸がじーんと熱くなる。

命からがら、母子五人。力あわせて必死に助けあって、父母の祖国広島にたどり着いた。物のない、貧しい暮らしだったが、妹は、明るく元気に育って成人した。

二十五歳で職場結婚をして、一男二女の子宝にも恵まれ、今年、長寿祝いの古希七十歳を迎える。

この夏、最愛の苦難を共にし、子育てをしてきたつれあいに先立たれ、ひとりにはなったが、幼い頃の健気な愛くるしい顔そのままに、年輪を重ねた容姿で、家を守り、先に逝った有縁の人たちの供養、浄土真宗、安芸門徒の同行として、仏縁を大切に元気に暮らしている。

二〇一一年秋

回覧板
寝てませんかと
来る電話

刻の流れを

Toki no nagarewo

機関車の湯

国鉄広島工場で、間近に蒸気機関車に接する機会があった。巨大さは分かっているつもりだったが、至近距離で見つめ手を触れると、その図体の息をのむほどにデカいことに身が震えるほどだった。

この機関車の、いや、広軌の満鉄の機関車の蒸気の雫をお湯として命繋いだ日のあったことがよみがえってくる。

もうずっと前、敗戦の翌年の一九四六年五月、わたしが十一歳の時のことだ。

あれは、北奉天から出た引揚列車で南下する途中でのこと。

走っては停まり、また走っては停まり、なかなか列車は進まなかった。

水筒は、とうに空になっていて、湯が欲しくてもどうにもならない。巡回してきた男の人に、母が頼んでいたのを思いだし、停車した時に探し出した。そのオコノギさんというお兄さんに教わったのが、機関車からの湯だった。シュワーッ、プシューッと蒸気たちこめる動輪の前にしゃがんで

落ちてくる雫、湯玉を水筒に受けるのだ。

二回目からは、火傷せぬように、と母が妹のリュックから牛乳わかしを出してくれたので、それで受けて水筒に移しては入れた。それを肩にかけ、牛乳わかしには、半分ほど溜めたのを両手でかかえ、こぼさないよう、転ばないよう懸命に母の待つ車輌へと戻る。

妹と弟、それに私の分も、母は保存食を溶かして熱い飲みものを作って持たせてくれた。

手のひらからのぬくさ、うれしかった。

しばらく両手につつんでいた。私たち三人をたしかめるように見てから、母は赤ン坊のを作りゆっくりと飲ませはじめる。それを見ながら手にしたのをすすって飲んだ。涙が出た。

あの湯のおかげで、今では語り合うことのできた母はいないのだが、あの巨人な動輪の前にしゃがんでの熱いしずくが、母子五人の命をつなぐことに役立ったこと、しみじみと思い出しながら、真っ黒な機関車の肌をなでた。

初雪に傘一列の通学路

雪だるま大人の方が熱くなり

羽子板を昔の音でついて見せ

初恋の時効を笑うクラス会

税務署へ赤字の愚痴も申告し

靴が鳴る野道に子らの歌がない

神様がいて戦争が続いてる
雪野原足跡たどり道となる
明けぬ夜は無いと励ましあう夜道

一杯目のみほすまでにある至福

めぐり来る夏の日ざしよ原爆忌

雪の朝喜ぶ親としぶる子ら

雪かぶる紅梅生きていればこそ

戦時下のように避難を学ぶ児ら

春の雪みたいに消えて欲しい癌

生きていて老いがしわいと嘆きあい
少しだけ言い訳したい泣きじゃくり
親の夢のせて華やぐひな飾り

大空へ夢ふくらます鯉のぼり

菜の花に似合う童顔道祖神

付添いがぐったりしてる子どもの日

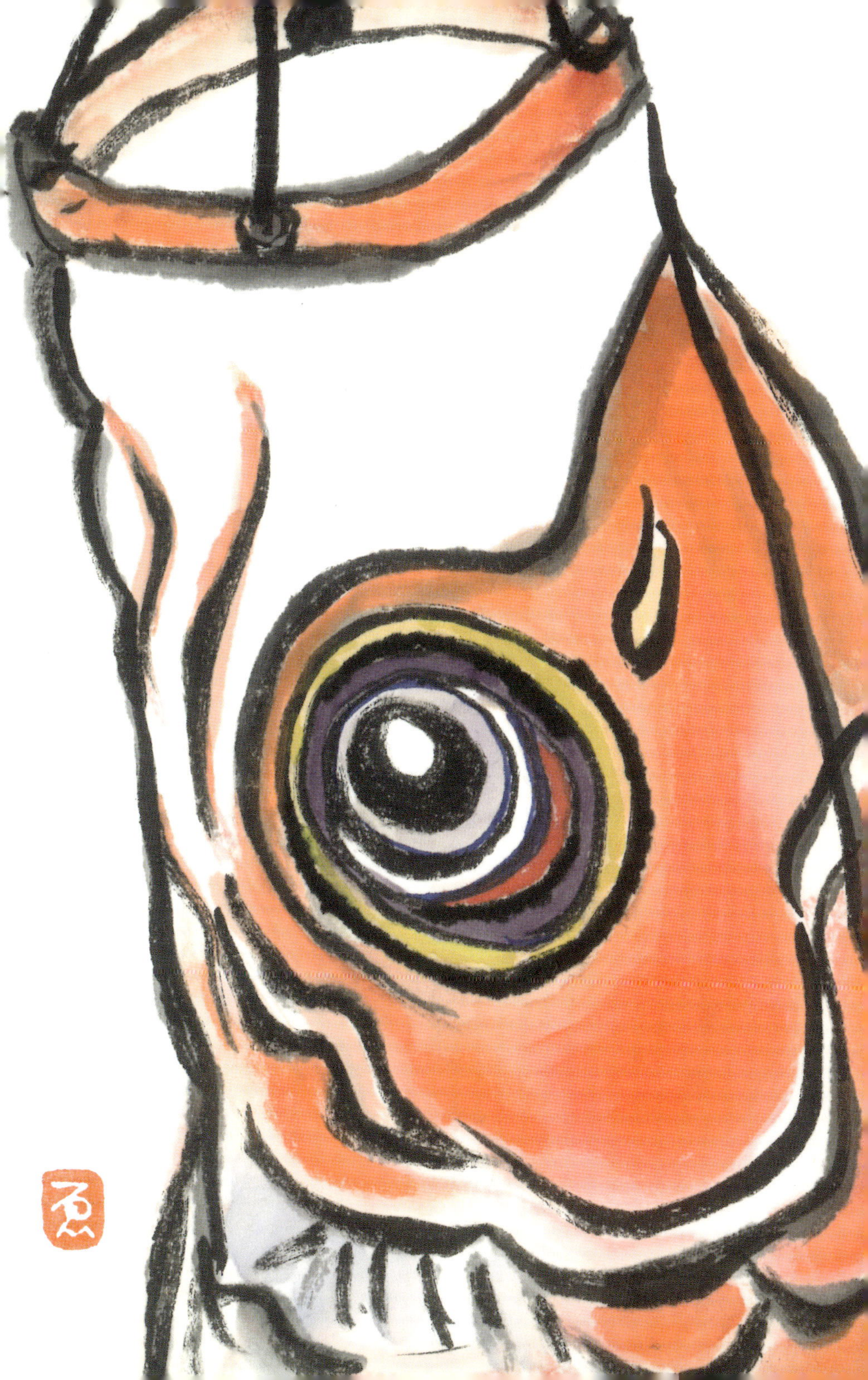

銀飯を笑い話にする奢り

活断層の上をニュースがおびえさせ

嘘ばかり並べたてている街宣車

福祉への税と集めたうそっぱち
正座には弱いすらりと伸びた脚
騒々しくなってお役所腰をあげ

鳥獣の保護と都会に住む叫び

戦跡の大地に風化する遺骨

学ばせて世間に出して戻らぬ子

負け犬になお石投げる世間の目

ルーツ訪ね狭い世間と思い知る

虫除けのリングが光る薬指

迎えに来たの？

深夜、目覚めた。深い霧の立ちこめる彼方から、何かの視線を感じる。目をこらして見つめる。なんと、そこには、永年一緒に泣き笑いしながら、ついこの間まで共に生きていたつれあい。私を置いてけぼりにして逝ってしまった最愛のひとが居るではないか。

驚き目をこすって見なおす私に『来ンかったのォ…』。一瞬解しかねて一歩踏み出そうとする前を、強風が、濃い霧と恋しい姿を消し去っていった。

先頃、早春特有の特に今年は格別大きな寒暖差についてゆけず体調はすぐれなかった。親しい私よりも年下の訃報も次々とはいり、二月から四件目の葬式のあと倒れてしまう。

続いた葬式の疲れかもと、辛抱していて、経験したこともない激痛におそわれた。頭をかかえこんでの苦しさ、加えて目まいに嘔吐。そのはげしさに目は開かず、意識はもうろう、狂ってしまうか悶絶死かがよぎる凄まじさ。

救急車で運ばれたが、命に別状ないからと応急処置のみで差しもどされた。おさまって

いたのは少しの間で、またまた狂うほどの症状。かかりつけ医院へ駆けこんだ。

この地域医療の担い手として信望のあつい、私の最も敬愛する医師の配慮で命拾いした。素早い対応で治療のできる病院へ回してもらい、入院もかなった。うれしかった。

今は、その院内で、ドクターのやさしく行き届いた気くばりに労られ、スタッフの手厚い看護と介護を受けながら、ひたすら元気のとりもどせるよう、そのことだけにしぼってのお陰さまでの日々を送らせてもらっている。

あの『来んかったのォ』のセリフは、私を迎えに来たのではなく、来なかったことに安堵した、うれしい時に少し照れたような、あの見覚えのある笑顔だったではないか。

「ありがとうね、見守ってくれていて…。逢いたくなったら、顔見たくなったらまた、そちらから来て！　待ってるから…ネ」

いとしい笑顔を見せてくれた濃霧のむこうへ叫んでいた。

記録には載らぬ野戦を語る夜

ローカル線方言はずむ昼の駅

ほほ寄せて古いアルバム笑ってる

付添いの方がいい顔して挙式

言わずとも顔に出ているいい知らせ

なじめぬがケータイメールの利便さよ

手袋へ野草の種がしがみつき

湯豆腐のゆれて静かな酒といる

岩を縫う根に気の遠くなる寿命

衣食住足りて小さくなった夢
七五三おとなばかりの祝い膳
建て替えて柱時計の音が消え

値が張ったよく効くはずと貼る薬

市松の座布団端ぎれが生かされる

別荘に入れば直ると言う病

合併で過疎が発展するじゃなし

氷雪に過去ふり返る八十路坂

自己暗示かけてまだまだ生きられる

寒晴れを
がんばっている
トチの芽も

あとがき

この第三集は、ひろしま竹原川柳研究社時代の十七年間の作品と、新聞・テレビ等に掲載、放映された中から抜粋した五七五と、白木山麓での自然にとけこんだ私の暮らしの折おりを綴ったものでまとめるつもりでいた。

ところが、進めているうちに世の中が騒々しい。不穏な動きが強まり、キナ臭さが、鼻をつくようになってきた。あの苛酷な戦を実体験した者として、いま伝えなくては…の思いから、戦時下の国民学校の夏や、敗戦時の混乱と外地ならではの悲惨さ、引揚げのことなどを書いていたものにかえることにした。

二月初めから、三月にかけていつもの年より多く、親しい方の訃報が続けてはいった。体調はすぐれなかったが参列した。

三月にはいってから、またも私より年下の親しい友が逝った。寒さと疲れを強く感じての葬式帰りから、遂に寝込んでしまい、死神に連れていかれるのでは、と思うほどの苦しい病との闘いを経験した。入院加療を経て退院できたのは、里の雪も消え、若芽の萌え出る事節だった。

これまで続けてきた稲作も、病みあがりのあまりの体力の無さに無理かと、半ばあきらめていたのに不思議。季節が来れば、永年の体が心が覚えている農耕の血がさわいで、いつの間にか準備にとりかかり、あたりから耕作放棄かとの声が聞こえだした五月末、今年の植付、田植をすることができた。今、生きいきと悪天候の中でもたくましく生育する稲田を見ることができている。原稿を整えてから一年余り、もたもたしてやっとの発刊。随分お待たせしました。

平成二十七年九月二十五日

やまで ゑみ

【著者略歴】
やまで ゑみ

農婦。1934年生まれ、満洲育ち。戦後、母と弟妹と父の故郷（広島県賀茂郡西志和村）に引揚げ。のちにシベリア抑留から父帰る。1950年、地域の青年団に入る。青年運動に没頭。町団、郡団の役を経て1957年、広島県青年連合会副会長。1958年、広島合唱団に入団、うたごえ運動に加わる。1961年、活動の中で出合ったハルピン生まれ大陸育ちの山出英雄と結婚。共働きで一男一女を出産。1965年、現住所の白木山の麓（広島県高田郡三田村）の山出の実家に移り農業に従事、二児を育てる。1994年、川柳研究社会員となり1996年秋、まがめ川柳会に入会、今に至る。

川柳句集「畦の花と雨蛙」で第7回川柳文学賞準賞受賞。2013年、川柳句集「大きな柿の木の下で」。

現住所
〒739－1521 広島県広島市安佐北区白木町三田5625
TEL・FAX 082－829－0207

白木山の月と花と

○

2015年 12月1日　初版

著　者
やまで ゑみ

発行人
松 岡　恭 子

発行所
新 葉 館 出 版
大阪市東成区玉津1丁目9-16 4F 〒537-0023
TEL06-4259-3777 FAX06-4259-3888
http://shinyokan.jp/

印刷所
亜細亜印刷株式会社

○

定価はカバーに表示してあります。

ISBN978-4-86044-610-9